잔잔한 진양호에서 지리산 천왕봉이 보이고, 남강이 유유히 흐르는 아름다운 마을이 있어요. 신비한 이야기가 펼쳐질 듯한 이곳은 바로 '진주'예요.

푸른 물 속에서 작은 물방울들이 속삭이는 소리가 들리나요?
바람에 실려 오는 이야기를 들어보세요.

지역문화콘텐츠 창작동화

진주이야기 그려줘

글 성수연

곰단지

지역문화콘텐츠 창작동화

진주이야기 그려줘

글 성수연

도서출판
곰단지

[진주이야기 그려줘]

이 책은 아주 오래전부터 흐르는 남강을 따라 진주의 역사와 문화를 담고 있어요. 주인공 소녀 아로라는 운석이 떨어지던 해에 태어났답니다. 그녀는 〈진주이야기〉라는 앱을 통해 그림 속으로 들어가 모험을 떠나요! 진주 지역의 추새미, 대평리, 너우니, 까꼬실, 진양호의 멋진 그림 속에서 새로운 친구를 만나고, 역사 속 이야기를 직접 체험하게 돼요. 어떤 신나는 이야기가 기다리고 있을까요? 진주이야기 속으로 함께 들어가 볼까요?

이 책을 쓴 이유는 『김경현의 진주이야기 100선』(도서출판 곰단지, 2024)을 읽고, 진주 지역의 다양한 역사와 문화 이야기를 어린이들에게도 알려주고 싶었기 때문이에요. 그리고 AI를 활용해 그림을 그리는 이야기를 통해 어린이들이 흥미롭게 볼 수 있을 거라고 생각했어요.

처음 책을 만들 때부터 AI의 도움을 받았답니다. 그림도 AI로 그렸고요! 챗GPT를 통해 멋진 아이디어를 만들고, 미드저니라는 프로그램을 사용해 그림을 그렸어요. AI 앱에 '그려줘'라고 입력하면 순식간에 그림이 만들어져요. 그래서 제목을 〈진주이야기 그려줘〉라고 정했답니다. 앞으로 AI 기술이 더 발전하면, 그림책의 주인공처럼 상상할 수 없는 신비한 경험을 할 수 있을 거예요!

　이 책은 경남문화예술진흥원의 지원으로 멋지게 제작할 수 있었어요. 우리 지역 진주의 이야기가 AI와 만나서 새로운 이야기를 만들어냈답니다. 『진주이야기 그려줘』 많이 사랑해 주세요!

2024년 10월 10일
성수연

진주이야기

그려줘

차례

진주이야기

추새미
그려줘

아로는 호기심이 가득한 소녀예요. 아로의 눈은 항상 새로운 모험을 찾아 반짝이고 있답니다. 새 학기가 시작되자, 아로는 방학 동안 가지 못했던 학교 도서관으로 달려갔어요. 도서관은 아로에게 보물창고와 같아요. 궁금한 모든 것이 책 속에 있으니까요!

그때, 도서관 밖에 예쁜 무지개가 떴어요. 아로는 무지개 끝에 무엇이 있을지 궁금했어요.

"저 끝에 누가 살까? 요정이 있다면 만나고 싶어." 아로는 마음속으로 중얼거렸어요.

그때, 미소가 다가왔어요.

"안녕? 아로! 오늘은 또 뭐가 궁금하니?" 미소는 웃으며 말했어요.

"우와~ 미소 언니! 신비한 이야기 들려줘!" 아로는 눈을 반짝이며 말했어요. 미소는 아로보다 두 살 많은 언니로, 도서관에서 신기한 이야기를 들려주고 재미있는 책을 골라줬어요.

미소는 비밀스러운 표정으로 이야기를 시작했어요. 아로는 기대감에 미소 곁으로 바짝 다가가 앉았어요.

미소는 아로에게 스마트폰에서 〈진주이야기〉라는 앱을 알려줬어요. 아로가 앱을 켜자, 스마트폰 화면에 깜박이는 질문이 나타났어요.

[아로님 안녕하세요? 무엇을 그려드릴까요?]

"아로야! 이 앱의 주문은 [그려줘]야. 그려줘라고 하면 돼!" 미소는 비밀스러운 미소를 지으며 아로의 어깨를 토닥였어요.

'우와~ 정말 신기한 앱이네!'

　아로는 학교에서 배운 진주에 대해 더 알고 싶어서, 마을 곳곳을 돌아다녔어요. 하루는 무지개를 따라 걷다가 진주성에 도착했어요.

　진주성에는 촉석루, 의기사, 창열사, 공북문, 북장대, 쌍충사적비, 의암, 청계서원, 서장대 등 많은 문화재가 있답니다. 아로는 안내문을 읽으며 임진왜란 때의 이야기를 상상해 보았어요.
　적군이 쳐들어올 때 힘써 싸우는 장군과 병사들 그리고 수많은 백성의 함성이 진주성 안에 메아리처럼 울렸어요. 논개가 왜장을 끌어안고 빠졌다는 의암 주위에는 깊은 소용돌이가 치고 있었어요.

아로는 진주성의 높은 성벽을 따라 걸어갔어요. 그러다 작은 안내판을 발견했어요. 오래된 우물 '추새미'에 대한 이야기가 적혀 있었어요. 아로는 안내판을 읽다가 스마트폰을 꺼내어 사진을 찍었어요. 그때 스마트폰 화면이 빛나더니, 주위가 밝아졌어요.

그리고 다시 깜박이는 질문이 나타났어요.

[아로님 안녕하세요? 진주이야기입니다. 무엇을 그려드릴까요?]

미소의 말이 떠올랐어요.
아로는 첫 번째 주문을 말했어요.

[진주이야기! 추새미를 그려줘.]

아로가 주문을 말하자, 갑자기 눈앞이 하얗게 바뀌더니 그림이 펼쳐졌어요.

커다란 우물이 있고, 그 주위에는 많은 사람들이 모여 있었어요. 아줌마가 물을 길어올리고, 우물 그늘에서는 아저씨들이 장기를 두고 있었어요. 아로는 그림 속으로 걸어갔어요. 시원한 우물물에 발을 담그니 더위가 사라졌어요.

"이 우물이 곧 메워진다며?" 장기를 두던 아저씨가 말을 꺼냈어요.

"아직 많은 사람이 이 우물을 찾는데 말이야." 옆 아저씨가 맞장구를 쳤어요.

"이 우물은 아주 오래전에 시작됐어요. 아마 우리 마을에서 가장 오래됐을 걸요?" 꼬마 아이가 자랑스럽게 말했어요.

아로는 그 꼬마 아이에게 다가가 물었어요.

"안녕? 나는 아로라고 해. 추새미 이야기가 듣고 싶어."

꼬마 아이는 아로를 재미있다는 듯 바라보며 이야기를 시작했
어요.

"아주 옛날에는 마을을 지켜주는 수호신이 있었어. 물의 신이
이 추새미에 살고 있었대. 이 우물은 하늘에서 비가 내리지 않을
때도 물이 마르지 않아서 사람들을 지켜줬어. 아픈 사람이 깨끗한
추새미 물을 마시면 건강해지기도 했고, 중요한 시험을 보러 가는
자식에게 물을 떠다 기원하기도 했어."

'그렇구나! 우물이 참 많은 일을 했구나!' 아로는 생각했어요.

"너는 수호신에 대해 어떻게 그리 잘 알아?" 아로가 물었어요.

그런데 꼬마 아이는 대답 대신 물을 끌어올려 아로에게 건넸어요. 아로는 그 물을 한 모금 마셨어요. 아주 맑고 시원한 물이 목으로 넘어갔어요. 그때 눈앞에 수증기가 피어올랐어요. 그리고 비가 내리기 시작했어요.

"아로야! AI가 그림 그려주는 앱 어때?"

미소가 언제 왔는지 아로의 옆에 있었어요. 미소의 말에 아로는 깜짝 놀라 스마트폰 화면을 바라봤어요. 거기에는 아로가 보았던 우물 옆의 꼬마 아이 모습이 그려져 있었어요. 아로는 그 꼬마 아이가 물의 요정이 아닐까 생각했어요.

'꼬마야! 다시 만나고 싶어.'

"미소 언니! 〈진주이야기〉 정말 신기해!"

진주이야기

대평리
그려줘

아로는 야외체험학습으로 진주시 대평면에 있는 '진주청동기문화박물관'에 갔어요. 친구들과 함께 박물관을 돌아다니며 여러 가지를 배웠답니다. 아로가 구석기문화 야외체험장으로 걸어 나오고 있을 때, 다운이가 아로를 잡아당겼어요.

"아로야! 우리 저 냇가에 가 보자!"

다운이는 아로의 짝꿍인데, 장난치는 걸 좋아했어요.

'또 무슨 장난을 칠까?'

그래도 뭔가 재미있을 것 같아 다운이를 따라갔어요. 다운이는 좁은 시냇물가로 가서 손바가지에 물을 한가득 담아 아로에게 뿌렸어요.

"우하하하! 골탕 먹었다. 약 오르지?"

도망가는 다운이를 보며 아로는 복수할 생각을 했어요. 아로가 물을 뜨려고 손을 냇물에 담그자, 갑자기 눈앞에 구름이 피어오르며 하얀 바탕에 깜박이는 스마트폰 화면이 나타났어요. 아로는 그 창을 보며 기분 좋게 두 번째 주문을 말했어요.

[진주이야기! 대평리 유적을 그려줘.]

아로의 눈앞에 넓은 강가 풍경이 펼쳐졌어요. 모래밭에서 뛰어다니는 아이들이 보였고, 물결치는 강물 위에는 커다란 배가 떠 있었어요. 사람들은 둘러앉아 아름다운 무늬가 있는 그릇을 만들고 있었답니다. 강가의 넓은 들에서는 농사를 짓고 있는 사람들도 있었어요. 강 건너에는 사슴들이 뛰어다니고, 화살을 든 사냥꾼도 있었답니다. 아로는 모래밭에서 고운 모래를 만져보았어요. 그때 누군가 아로의 어깨를 톡톡 두드리며 말했어요.

"안녕, 아로! 다시 만나서 반가워. 난 물방울 요정 루루야."

루루가 말했어요.
아로는 놀라서 눈을 크게 떴어요.

"정말? 네가 물방울 요정이었구나!"

"응! 네가 다시 그림을 그려줘서 만난 거야." 루루가 사투리를
섞어가며 대답했어요.

"루루! 네 이야기를 들려줘."

"물방울 요정은 호기심이 많아. 작은 물방울 요정들은 세상을
보기 위해 모험을 시작했어. 이 남강은 저 높은 산에서 시작되었
거든. 난 지리산의 꼭대기에서 자라는 풀과 나무의 뿌리에서 태어
났어. 다른 물방울들과 함께 흘러 흘러 남강으로 내려와 이곳 대
평리를 지나서 저 멀리 바다까지 가려고……."

루루는 잠깐 말을 멈추었어요.

"아로야~ 이 물속을 들여다봐. 우리 같이 모험을 떠나자!"

"좋아! 와우! 신난다!"

루루의 말에 아로는 흐르는 강물 속을 들여다보았어요. 강물은 투명하고 맑아서 바닥의 모래와 물고기, 돌들이 선명하게 보였어요. 그리고 그 돌 틈에서 방울방울 올라오는 작은 물방울을 보았어요. 물방울은 점점 커지고 많아졌어요.

"루루! 물방울이 점점 많아져!"

커다란 물방울이 아로와 루루를 감쌌어요. 아로와 루루는 물방울들과 함께 바람을 타고 강을 따라 흘러갔답니다. 루루는 강을 따라가며 이곳저곳을 보여주었어요. 강 아래 가화천에 다다랐을 때, 목이 길고 덩치가 코끼리보다 큰 동물이 물장구를 치고 있었어요.

"와~ 루루야! 공룡이야!" 아로는 신이 나서 소리쳤어요. 살아 있는 공룡을 보는 건 처음이었거든요. 커다란 공룡 옆에는 또 다른 공룡이 고개를 바닥에 처박고 엉덩이를 높이 쳐들고 있었어요.

'저 공룡은 무얼 하는 거지?' 그때 공룡의 엉덩이에서 "뿌왕!!!" 천둥 같은 소리가 들리더니 집채만 한 똥 무더기가 떨어졌어요.

"흐하하하!" "깔깔깔."

아로와 루루는 부둥켜안고 웃었어요.

"아로야! 공룡 멋지게 잘 그렸네. 대단하다!"

다운이가 옆에서 공룡의 방귀 소리보다 더 크게 소리쳤어요. 아로가 들고 있던 스마트폰 화면에는 넓게 펼쳐진 남강 위로 커다란 공룡의 모습이 그려져 있었어요. 한 마리 공룡은 부끄러운 듯 고개를 숙이고 있었지요.

'크크 다운아! 넌 이 공룡이 왜 이런 표정인지 아니?'

아로는 다음에도 물의 요정 루루를 만나고 싶었어요.

진주이야기

너우니
그려줘

43

아로는 집 근처 남강을 따라 걷는 걸 좋아했어요. 자전거를 타는 사람들, 이야기하며 걷는 사람들이 많았답니다. 나무 그늘에 앉아 있을 때, 공원 구석에 있는 작은 고양이를 발견했어요.

"귀엽다! 고양이야, 여기서 혼자 뭐하니?"

작은 고양이는 도망가지 않고 아로의 곁에 맴돌았어요. 고양이를 좋아하는 아로는 집에서 키우는 고양이 '깜이'가 생각났어요. 가방에서 간식을 꺼내 작은 고양이에게 주었어요. 고양이는 조심스럽게 다가와 간식을 먹고, 기분이 좋은지 아로에게 다가와 갸릉거렸어요.

"고양이야~ 내가 이름을 지어줄게! 음, 뭐가 좋을까…… 그래! 넌 호랑이 무늬가 있으니 '타이거'가 좋겠다. 어때?"

타이거는 아로의 말을 듣고 어슬렁어슬렁 걸어갔어요. 마치 아로에게 따라오라는 듯이. 아로는 타이거를 따라갔어요. 타이거가 걷는 길 옆으로 꽃들이 반짝였어요. 꽃잎에 맺힌 작은 물방울들이 햇빛에 반짝이고 있었답니다. 아로는 스마트폰으로 반짝이는 물방울을 찍었어요.

그 순간, 스마트폰 화면이 밝게 빛났어요. 아로는 신나서 세 번째 주문을 말했어요.

[진주이야기! 남강을 그려줘.]

남강 옆에는 넓은 모래밭이 끝없이 펼쳐져 있었어요. 지금 남강보다 10배는 넓은 강이 눈앞에 나타났어요. 모래밭에는 사람들이 모여들고 있었어요. 사람들은 한 손에 죽창과 곡괭이를 들고 있었어요. 천 명이 넘을 것 같은 많은 사람이 줄지어 소리쳤어요.

"농민이 살아야 나라가 살고, 나라가 살아야 우리가 살 수 있다!" 사람들의 함성이 강과 들에 가득했어요.

"아로야! 다시 만났네!"

무슨 일이 일어난 건지 어리둥절한 아로를 부르는 소리가 들렸어요.

"루루 안녕!"

루루는 아로가 인사를 끝내기도 전에 달려와 아로를 끌어안았어요.

"루루, 저기에 사람들이 왜 모인 거야?"

루루는 너우니를 바라보며 이야기를 시작했어요.

"이곳은 '너우니'야. 광탄진이라고도 불리는데, '넓은 여울이 있는 나루' 라는 뜻이야. 진주는 예전부터 물이 많고 기름져서 사람들이 농사를 지으면서 살았어. 진주 농민들이 지금 일본군에 맞서 싸우려고 이곳에 모인 거야. 저 사람들은 동학농민군이야."

역시나 루루는 모르는 게 없는 듯 척척 말해주었어요. 루루의 말에 아로는 책에서 읽었던 동학농민군이 생각났어요. 아로는 다시 너우니에 모인 사람들을 바라보았어요. 사람들은 강을 따라 진주성을 향해 달려갔어요.

'사람들이 다치지 않게 해주세요.'

아로는 두 손을 모아 동학농민군이 이기길 기도했어요.

손에 죽창과 곡괭이를 들고 달려가는 이들을 막는 이는 아무도 없었어요. 순식간에 진주성을 점령해 버렸지요. 진주성을 지키던 병사들도 오히려 동학농민군을 환영했어요. 동학농민군과 성안의 병사들은 함께 모여 성대한 잔치를 벌였어요. 사람들은 함께 기쁨의 노래를 불렀답니다.

"아로야! 집에 가자!"

엄마가 부르는 소리가 들렸어요. 스마트폰 화면에는 넓게 펼쳐진 너우니에 모인 동학농민군이 힘차게 소리치고 있었어요. 발밑에는 고양이가 갸릉거렸어요.

'타이거, 아직 옆에 있었구나. 그 사람들 너도 봤지?'

아로는 타이거를 안아주었어요.

진주이야기

까꼬실
그려줘

학교 체육대회가 열리는 날, 아로는 달리기 선수로 참여했어요. 엄마는 아로가 엄마를 닮아서 달리기를 잘한다고 하셨어요. 엄마가 다니던 학교는 까꼬실에 있었고, 엄마는 학교 달리기 대장이었대요. 사실 지금은 좀 믿기 어려운 이야기지만요.

"땅!"

신호가 울리자 아로는 달리기 시작했어요. 두 주먹을 꽉 쥐고, 있는 힘껏 달렸답니다. 달리기를 할 때면 구름 위를 날아가는 기분이 들어요. 그런데 갑자기 눈앞에 화면이 떠올랐어요.

[진주이야기입니다. 아로님~ 까꼬실을 그려줄게요.]

"뭐지? 진주이야기! 갑자기 네 맘대로 이동하면 어떻게 해!"

대나무가 우거진 숲길을 따라 도착한 곳에는 아주 작은 학교가 있었어요. 학교 건물 앞에는 '각후재'라는 글자가 붙어 있었고, 학교 안에서는 아이들이 책을 읽는 소리가 들려왔어요.

"하늘천 따지 검을현 누를황~~ 집우 집주 넓은현 거칠황~~"

'우와~ 엄마가 다니던 학교가 있던 곳이네!'

엄마가 다니던 까꼬실의 귀곡초등학교는 예전에 '각후재'라는 서당이 있던 곳에 세워졌다고 엄마는 늘 자랑하셨어요. 가장 오랫동안 이어온 서당이었다고요. 각후재 앞쪽에 있는 넓은 운동장에서 아이들이 모여 큰 소리로 응원하는 소리가 들렸어요. 여기도 운동회를 하나 봐요.

"땅!"

너도 나도 열심히 달리기를 해요.

눈에 띄게 앞서는 여자아이가 보였어요.

'어? 어디서 본 것 같은데? 우와~~ 엄마다!'

머리카락을 양 갈래로 질끈 묶은 엄마는 운동장을 가로질러 성큼성큼 달려서 1등으로 도착했어요. 상품으로 공책과 크레파스를 받고 좋아서 만세를 불렀어요. 운동장에 있는 사람들이 손뼉을 치며 축하해주었답니다. 아로도 신나서 만세를 외쳤어요. 멀리서 엄마는 아로를 향해 찡긋 윙크했어요.

"엄마! 1등 축하해요~ 사랑해요~"

"아로야! 축하해! 역시 우리 딸은 엄마를 닮아서 달리기 1등 했구나!"

엄마는 팔을 활짝 벌려 아로를 안아줬어요. 아로는 구름 위에 떠 있는 것처럼 기분이 좋았답니다.

펼쳐본 스마트폰 화면에는 달리기 1등하고 만세를 부르는 엄마의 모습이 있었어요.

'엄마가 달리기를 정말 잘했구나!'

그런데, 아무리 봐도 엄마의 양 갈래머리는 좀 웃겼어요.

진주이야기

진양호
그려줘

아로는 할아버지의 딸기농장에 갔어요. 비닐하우스에서 딸기를 마음껏 먹고, 주변을 돌아다녔답니다. 넓은 들판에 딸기 비닐하우스가 빼곡하게 늘어서 있었어요.

"할아버지, 딸기가 너무 맛있어요!"

할아버지는 아로를 볼 때마다 아로가 태어나던 날 하늘에서 운석이 떨어진 이야기를 해주세요.

"그때 하늘에서 밝은 빛이 나더니, 저기 비닐하우스가 폭삭 내려앉았지 뭐냐. 별똥별처럼 귀한 내 새끼!"

그날 저녁, 할아버지 비닐하우스에는 '쾅!' 하고 운석이 떨어졌거든요. 그래서 아로는 밤하늘에 별이 빛날 때, 밝은 빛이 아로를 향해 날아오는 꿈을 꾸곤 했어요.

아로는 꿈속에서 〈진주이야기〉에게 주문을 말했어요.

[진주이야기! 별똥별을 그려줘.]

별똥별이 빛나더니 누군가 아로에게 다가왔어요. 반짝이는 푸른 눈동자를 가진 아이가 아로에게 따라오라고 손짓했어요. 별똥별 소녀를 따라간 곳에는 진양호가 펼쳐져 있었어요.

"아로야! 나는 빛나라고 해. 이곳은 진양호야."

"나도 알아. 학교 체험학습 때 와봤어."

빛나는 손가락으로 진양호 한가운데를 가리켰어요. 그곳에서 물회오리가 '휘리릭!' 일어나더니 루루가 눈앞에 나타났어요.

"아로야~~ 또 만났네? 어? 빛나도 있었네?"

루루는 달려와서 아로와 빛나를 한데 얼싸안았어요.

"우와~ 우리 삼총사 모였으니 여행을 떠나자! 진양호 속으로 고고씽~~"

커다란 물방울이 두둥실 떠오르고, 삼총사는 물방울을 타고 진양호 속으로 들어갔어요.

그 속에는 아주 오래 전에 있던 마을과 산, 밭이 있었어요. 루루와 함께 보았던 대평리 유적지도 보였고, 동학농민군이 모였던 너우니도 보였어요. 엄마가 살던 까꼬실의 학교와 각후재도 보였답니다.

"나는 진주가 너무 좋아. 물이 맑아서 친구들이 많이 있거든."

루루가 말했어요.

"나는 진주가 너무 좋아. 공기가 맑아서 하늘의 친구들도 잘 보이거든."

빛나가 말했어요.

"나도 진주가 너무 좋아. 빛나와 루루가 있어서 더 좋아."

아로도 신나서 이야기했어요.

진양호는 너무 넓어서 한참을 둘러봐도 끝이 없었어요. 물방울을 타고 다녔는데도 지쳐버렸지요.

"우리 좀 쉬었다 가자~"

삼총사는 풀밭에 대자로 누워 하늘을 바라봤어요. 바람이 시원하게 불어왔어요. 아로는 스르륵 잠이 들었답니다.

"아로야! 목마르지? 물 마실래?"

눈을 떠보니 루루가 물이 담긴 바가지를 내밀었어요. 아주 맑고 시원한 물이 목으로 넘어갔어요. 루루를 처음 만났을 때 마셨던 추새미 우물처럼 맛있었답니다.

"우와! 진짜 맛있다!"

"여긴 가호서원이 있던 곳인데, 이 샘물은 옛날부터 한 번도 마르지 않았어."

샘터는 한여름인데도 시원한 바람이 불어왔어요. 루루와 빛나도 한 바가지 물을 나눠 마셨어요. 루루와 빛나는 아로를 보며 말했어요.

"아로야! 자주 오렴~"

"자주 올게~ 또 만나~"

"아로야! 일어나! 학교 가야지!"

"네! 엄마!"

지역문화콘텐츠 창작동화

진주이야기 그려줘

발 행 일   2024년 10월 30일

글 쓴 이   성수연
발 행 인   이문희
펴 낸 곳   도서출판 곰단지
출 판 등 록   2020년 12월 23일 제 2020-000020 호
주   소   경상남도 진주시 동부로 169번길 12 윙스타워 A동 1007호
전   화   070-7677-1622
F A X   070-7610-2323
전 자 우 편   gomdanjee@daum.net

I S B N   979-11-89773-90 8 73810